Fondevila, Fabiana

El secreto de Ukluk / Fabiana Fondevila ; ilustrado por Daniel
Roldán. - 1.ª ed. - Buenos Aires : Uranito Editores, 2013.
40 p. ; 29x21 cm. - (La vuelta al mundo en cinco cuentos)

ISBN 978-987-1831-54-8

1. Narrativa Infantil Argentina. I. Daniel Roldán, ilus. II. Título.
CDD A863.928 2

Edición: Anabel Jurado
Corrección: Eleonora González Capria
Diseño y diagramación: Daniel Roldán y Marcos Farina
Ilustración: Daniel Roldán

© 2010 by Fabiana Fondevila
© 2010 by EDICIONES URANO S.A. - Argentina
Paracas 59 - C1275AFA - Ciudad de Buenos Aires
info@uranitolibros.com.ar / www.uranitolibros.com.ar

1.ª edición

ISBN 978-987-1831-54-8
Queda hecho el depósito que establece la Ley 11.723

Impreso en MYKINES S.A.
Suipacha 3368 - Remedios de Escalada - Buenos Aires
Agosto de 2013

Impreso en Argentina. Printed in Argentina

El Secreto de Ukluk

Fabiana Fondevila • Daniel Roldán

URANITO EDITORES
ARGENTINA - CHILE - COLOMBIA - ESPAÑA - ESTADOS UNIDOS - MÉXICO - PERÚ - URUGUAY - VENEZUELA

FABiANA FONDEViLA

Fabiana escribe cuentos, notas, novelas y sueños.
Escribe para recordar, para agradecer, para celebrar. Sobre todo,
escribe para dar cuenta de su asombro infinito y tenaz.

DANiEL ROLDÁN

Daniel es ilustrador y pintor. Piensa que vivir es una oportunidad
para conocer el mundo, por eso le gusta tanto viajar en avión, en barco,
en monopatín o leyendo un libro también.

CUENTOS QUE NOS CUENTAN

U na estepa helada. Un bosque húmedo y envuelto en sombras. Las olas de un mar bravío. Un pico empeñado en besar el cielo. El manso fluir de un río.

Fértiles o desprovistos, hostiles o acogedores, desafiantes o agraciados, los paisajes que habitamos siempre han sido marco de nuestros sueños y desvelos, tema de nuestras narraciones, fuente de inspiración, destino.

Como las leyendas que narraran los ancianos bajo las estrellas, estos relatos se nutren de la tierra y el agua, del aire y el fuego que en cada rincón del planeta se fundieron de manera precisa y necesaria para dar lugar a un mundo. Sus protagonistas contemplan a los seres que habitan ese universo, se descubren en ellos y aprenden. Del jaguar, la fiereza; de la hormiga, la constancia; de la montaña, el aplomo; del sol, en su incansable retorno, la esperanza, la osadía, la sorpresa.

Cambian los colores y los escenarios. Algunos apenas adivinan el cielo entre la espesura, otros dialogan a diario con el horizonte. Pero es más lo que une a estos pueblos primigenios que lo que los diferencia. "Cada parte de esta tierra es sagrada para mi gente —dijo el cacique Seattle en 1852—. Cada lustrosa hoja de pino, cada costa arenosa, cada bruma en el bosque oscuro, cada valle, cada insecto zumbón, todos son sagrados en la memoria y la experiencia de mi pueblo".

Dondequiera que hoy vivamos, así fueron nuestros comienzos: abiertos al misterio; ajenos a la ilusión de la soledad; plenos de veneración por los ancestros y de respeto por los poderes naturales, incluso los más oscuros; agradecidos, siempre, con las fuentes de sustento.

¿Estamos de veras tan lejos de nuestros antepasados? ¿Podremos aún, como ellos, libar con las abejas, tejer con las arañas, cantar con las ranas y enmudecer al alba? ¿Podremos percibir aún, en la tierra seca, la huella de antiguas pisadas?

Si hemos olvidado, que el pródigo universo nos lo recuerde.

El Secreto de Ukluk

evaba fuerte en Nunutuk cuando Ukluk miró a su madre a los ojos y dijo:

—Hoy no voy a necesitar mi anorak, *aga*. Va a ser un día caluroso.

La mujer sonrió. Caluroso era el fuego, calurosa era la alfombra de piel de oso, caluroso era el abrazo de los abuelos; el día no, el día nunca.

—Como digas —respondió y, mientras lo distraía con besos mariposa, lo envolvió en el anorak de todos modos, no fuera cosa que se resfriara en la expedición de pesca.

Ukluk y su padre se calzaron sus *mukluk*, armaron el trineo de perros y salieron disparados. El paisaje era blanco de toda blancura, tan frío que ni palabra para *frío* había. El niño escondió la cara dentro de la piel de oso del anorak para que el viento no doliera tanto en la punta de la nariz.

En una parada, mientras su padre arreglaba los arneses de los perros, Ukluk sacó su palito de dibujar y trazó una figura sobre la nieve. Era un círculo enmarcado por una corola de rayos redonditos como iglúes.

—¿Qué es esa cosa? —preguntó el padre.

—No sé, pero es linda y huele bien —respondió el chico—. Tiene el color de las focas al atardecer.

—¿Y eso cómo lo sabes? —preguntó el padre, desconcertado.

—Porque así la soñé —dijo Ukluk. Y se despidió de su flor.

Siguieron su camino hasta la costa del mar. Las olas estaban bravas ese día, despedían paredes de espuma: mitad sal, mitad hielo. El padre fue en busca del navío. Ukluk se bajó del trineo, sacó su palito del bolsillo del anorak y dibujó un hombre dando brazadas entre las olas.

—¿Qué es eso? —preguntó el hombre al volver.

—Eres tú, que surcas los mares.

—¿Qué tontería es esa? Todo el mundo sabe que no podemos atravesar el mar sin ropa ni navío —lo retó.

—Podremos cuando el agua se entibie —dijo el chico.

—Bien sabes que el agua solo se entibia en el fogón, hijo mío. ¿Quién tiene tanto fuego como para entibiar el mar? —inquirió el hombre, risueño.

Ukluk se encogió de hombros y levantó la vista al cielo.

a pesca fue buena y esa noche hubo fiesta en la aldea. Las familias, reunidas, prepararon una suculenta cena de foca, salmón y algas marinas.

—¡*Ujuk*! —anunció la abuela más anciana, invitando al banquete.

Los cazadores y sus hijos tenían el lugar de privilegio. En agradecimiento a sus esfuerzos, se les permitía elegir los bocados más sabrosos de la presa. El padre de Ukluk fue el primero en probar. Ukluk apenas tocó su comida y se fue a dormir arrastrando los pies. Ni siquiera se quedó para el *agutak* que había de postre. Su hermano mayor, Siku, intentó alegrarlo.

—Ey, hermano, ¿por qué la cara larga? Hoy fue un día de fiesta.

—No la fiesta que yo esperaba —respondió el menor.

El día siguiente fue de descanso, como siempre tras una pesca exitosa. Pero Ukluk no descansó. Subió la montaña más alta del pueblo y se quedó allí largo rato, conversando con el viento. Nadie supo qué le dijo ni por qué, cuando bajó al mediodía, el sol bajó con él.

l principio, nadie lo notó. Pero, al cabo de un rato, un sinfín de gotas aparecío en las frentes de los nunutecos y los anoraks comenzaron a pesarles sobre las espaldas. Los perros se cubrieron de nieve para refrescarse. El hielo de los iglúes refulgía como mil estrellas y lastimaba la vista.

Poco tiempo después, la tersura del suelo empezó a disolverse y formó un mosaico de charcos plateados. Los charcos se convirtieron en lagunas. Las lagunas, en tierra mojada. Pinos y abedules se sacudieron la nieve como un tapado viejo y estiraron sus ramas al sol. El mundo se derretía.

Los chicos fueron los primeros en reaccionar: felices de la vida, abandonaron sus tareas y se lanzaron a chapotear en el barro oscuro y perfumado. Los perros husmearon el aire y saltaron de excitación. Las madres dejaron el desayuno hirviendo en la olla para salir a admirar el espectáculo.

na niña llamada Ilak gritó:

—¡Miren esto! —Y todos corrieron a su encuentro. Había arrancado del suelo un objeto extraño. Parecía un sol rodeado de rayos gorditos y no era blanco ni negro, ni de ningún tono de gris conocido. Sus pétalos recordaban el color de los labios en los días de frío, el lomo de las focas a la luz del atardecer. El centro era dorado como melaza de arce.

—¡Suelta eso, Ilak, puede hacerte daño! —la retó la madre.

Pero, antes de que pudiera hacerlo, Ukluk se acercó y dijo:

—Las flores no traen peligro. Solo perfume y color.

Acercó el extraño objeto a la nariz de Ilak. La niña primero apartó la cara, pero luego, alentada por su amigo, se acercó al centro redondo del color de la melaza de arce e inspiró. Al instante, una sonrisa de media luna se posó sobre su rostro. Por más que le imploraron, no quiso compartir su flor con ninguno. Chicos y grandes corrieron a buscar más flores.

o tuvieron que ir muy lejos: el pueblo entero parecía haber florecido. Pimpollos rosados por aquí, campanitas blancas por allá, estrellas violetas de a racimos. Dondequiera que uno mirara, pequeños soles en miniatura erguían orgullosos sus corolas.

Cada rincón derretido traía un nuevo tesoro: una pradera suave al borde de un lago, una montaña color musgo, un arroyo que caía por la ladera dando volteretas sobre el lecho de piedra.

Cuántas veces se bañaron en ese arroyo, cuántas tardes se tiraron panza arriba a secarse bajo el cielo venturoso. Con cuánto placer devoraron los frutos que cubrieron los árboles y les trajeron, de sorpresa, la dulzura. Ukluk nombró las maravillas tal como las había soñado; dijo: "Flor", dijo: "Abeja", dijo: "Calor", dijo: "Sombra fresca".

an felices estaban con su nueva vida que el día de la primera brisa fresca sus corazones dieron un salto. Miraron a su alrededor, primero con sorpresa, después con pavura. La temperatura había bajado unos pocos grados, pero conocían esa brisa que, de a poco, se volvía ventisca y traía, de golpe, memorias del hielo.

No más tardes cálidas, no más noches de estrellas, no más baños en el arroyo, no más dulzura. Muchos se sintieron morir de tristeza.

El anciano de la aldea imploró a Ukluk que interviniera.

—No soy yo quien decide si el sol viene o se va —respondió el niño.

Pero, ante la insistencia de sus mayores, concedió:

—Puedo preguntarle.

Subió la montaña y susurró su pregunta al viento. Al poco tiempo, bajó con la respuesta.

—Dice el sol que su visita ya duró bastante. Que es tiempo de que él regrese al cielo y de que nosotros recibamos de vuelta al frío.

—¿Y tú qué le dijiste? —preguntó el anciano.

—Que esperaremos. Que nada hay más lindo que esperar a un amigo.

La aldea, reunida, miró al cielo. Ya caían, suaves, los primeros copos de nieve. Nunutuk se cubría otra vez de silencio y blancura. Ukluk saludó a todos, se calzó el anorak, agarró su palito y se fue a su casa. Esa noche, le pediría a *aga* una sopa de pescado humeante.

¿QUiÉNES SON?

Los esquimales son varios pueblos con culturas similares que habitan en las zonas árticas de Canadá (Territorios del Noroeste), Dinamarca (Groenlandia), Rusia (Siberia) y Estados Unidos (Alaska). En realidad, no todos aceptan gustosos el término *esquimal*, ya que esta palabra significaría 'comedores de carne cruda'. En Canadá y en Groenlandia, por ejemplo, se llaman a sí mismos *inuit*, que quiere decir 'gente'. Tradicionalmente, han sido pueblos nómades, o sea que se trasladaban siguiendo las posibilidades de caza; hoy en día, se han adaptado bastante a las costumbres occidentales y suelen establecerse en pequeñas poblaciones. Por haber vivido siglos en condiciones de vida arduas, es un pueblo de espíritu fuerte y resistente, que valora a la familia y la comunidad por sobre todas las cosas y agradece a los animales que le dan vida y sustento.

¿CÓMO ViVEN?

Dado que los territorios esquimales están cerca del Polo Norte, las estaciones del año son contrastantes y extremas: inviernos helados y oscuros, veranos que casi no tienen noche. En Anchorage, Alaska, por ejemplo, hay alrededor de 19 horas de luz en el solsticio de verano (¿se imaginan tener solo cinco horas para dormir antes de que el sol los despierte?). Y en el solsticio de invierno, el 21 de diciembre en esas latitudes, es al revés: solo hay cinco horas de luz en todo el día. Pero en Barrow, Alaska, lo pasan peor: el sol no se pone durante 84 días seguidos (más o menos desde el 10 de mayo al 2 de agosto). ¿Podrían dormir con sol tantas noches seguidas? De todos modos, los habitantes de Barrow lo disfrutan porque, a partir del 18 de noviembre, no ven el sol... ¡hasta el 22 de enero!

¿Y las temperaturas? En invierno, es común que superen los 40 grados bajo cero. Tal vez sea por esta razón que tienen al menos treinta palabras para nombrar los diferentes tipos de nieve y hielo. ¿Les sorprende? ¡Brrr!

¿DÓNDE DUERMEN?

Los famosos iglúes que todos conocemos son casas de hielo en las que los pueblos del Ártico tradicionalmente se resguardaban del frío. Hoy en día, se usan casi exclusivamente para expediciones de caza. Suena extraño que el hielo pueda proteger del frío, ¿no? Pero es así. Los iglúes se construyen con bloques de hielo sólido, que cortan con cuchillos de marfil y apilan en forma circular. Casi siempre, construyen un pequeño túnel desde la puerta al interior del iglú para evitar que entre el viento y cubren la entrada con una piel de animal. Las camas son una plataforma elevada de hielo; como el calor sube, son la parte más calentita de la casa. Y siempre cubren las camas, y a veces también el piso, con pieles de reno. Para cocinar y calentarse en las noches gélidas, usan lámparas de piedra que funcionan con aceite de foca. Los iglúes son estructuras tan firmes que una persona adulta puede pararse sobre el techo sin que se derrumben. En ocasiones, las familias construyen también un iglú pequeño para sus perros.

Por supuesto, los iglúes solo se construyen en invierno. En verano, arman carpas de cuero que son fáciles de desmontar y llevar sobre los trineos hasta el próximo destino.

¿CÓMO VISTEN?

Cosen su ropa de cuero de reno utilizando agujas de hueso y fibras de intestino. Hombres y mujeres calzan *mukluk*: botas de cuero de reno forradas con piel de liebre o zorro. Como son abrigadas y livianas, resultan muy útiles en las expediciones de caza. También usan tapados con capucha llamados *anorak*. Los de las mujeres tienen una capucha extragrande, que utilizan para llevar a sus bebés a salvo de los vientos helados.

¿CÓMO CAZAN?

Los esquimales tienen un enorme respeto por los animales de los que dependen para vivir. Para cazar animales marinos, utilizan unos navíos de un solo pasajero cubiertos con piel de foca llamados *qajaq*. Por su diseño, flotan muy bien y son fáciles de enderezar si se dan vuelta, aun para una sola persona. Tanto es así que los europeos copiaron el modelo, construyeron este tipo de embarcaciones con otros materiales y las bautizaron *kayaks*.

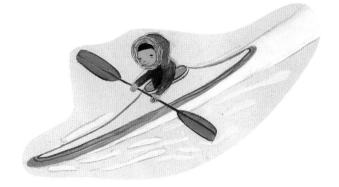

Para cazar focas, practican otra técnica, que consiste en vigilar los *aglu*, agujeros en el hielo que utilizan varios animales marinos para respirar. Apenas el animal se asoma, lo cazan con arpones. Como se trata de animales de agua salada, los cazadores esquimales suponen que siempre andan sedientos y, por eso, lo primero que hacen, tras matarlos, es echarles un chorro de agua dulce en la boca, de manera de honrar su sacrificio.

Para moverse por tierra en expediciones de caza o para trasladarse a un nuevo asentamiento, tradicionalmente han utilizado trineos tirados por perros. De hecho, la raza husky proviene de la cruza creada por los esquimales entre perros y lobos con el fin de emplear animales para el transporte. Claro que hoy es común que utilicen motos de nieve. Los perros, agradecidos.

¿QUĒ COMEN?

Como casi no hay vegetación para comer durante la mayor parte del año, los esquimales son expertos cazadores y pescadores. Viven de la carne de foca, morsa, ballena, peces varios, alces, zorros y osos polares. Aunque no es posible cultivar frutas ni hortalizas por lo duro del clima, recogen y consumen lo poco que hay: pastos, raíces, tubérculos, frutos del bosque y algas.

Este pueblo es conocido por una antigua tradición: la de compartir la comida. Los jóvenes reparten lo que cazan con los mayores en señal de respeto, y las familias que logran una buena caza o pesca convidan con un banquete a las menos afortunadas. Esta práctica sirve para que las familias estrechen relaciones, un elemento importante cuando la vida es ardua. Si uno fuera un invitado en una casa esquimal y pidiera permiso para comer algo, los anfitriones se ofenderían mortalmente, ya que consideran una locura la idea de que el alimento tenga dueño.

¿Imaginan cuál es la golosina más popular entre los esquimales? ¡Adivinaron! El helado. Pero ojo que el *akutaq* (que quiere decir 'algo mezclado') no se parece demasiado al helado que pedirían en cualquier heladería. He aquí la receta. Hay que rallar grasa de reno, agregar aceite de foca lentamente mientras se bate a mano y sumar un chorrito de agua. Luego hay que seguir incorporando aceite y agua hasta que el helado quede blanco y espumoso. Al final, se agregan frutos del bosque, si los hay, y si no hay... ¡pescado! ¿Quién quiere helado?

¿CÓMO PREPARAN LA COMiDA?

Lo más común es que coman la carne congelada. Sí, ¡como hamburguesas recién sacadas del congelador! Solo que ellos no tienen necesidad de uno, claro. Acomodan la carne sobre un cartón o sobre un plástico en el piso; cada uno que pasa corta lo que quiere comer cuando tiene hambre. Aunque los inuit no siempre comen juntos, en ocasiones especiales se reúnen a compartir un banquete. Entonces, una mujer convoca a todos al grito de: "¡*Ujuk*!", que quiere decir: '¡Carne asada!'. Los primeros en comer son los cazadores porque son los que están más cansados, hambrientos y congelados; para ellos se reservan los bocados más sabrosos. Ah, antes de comer, usan una taza para tomar la sangre fresca de la presa: la fórmula perfecta para recuperar la fuerza perdida en la caza. ¡Otra que bebida energizante!

¿CÓMO SE LLAMAN?

Tradicionalmente, los esquimales no tenían apellidos y, a menudo, los nombres se repetían en las familias. Muchas veces, los nombres se inspiraban en los animales y elementos del paisaje. También era común que a un bebé recién nacido se lo bautizara en honor al abuelo fallecido y, por lo tanto, todos los demás se refirieran al chiquitín como *abuelo*. Cuando llegaron los europeos a poblar los territorios del norte de Canadá, estos encontraron demasiado confuso ese sistema y le asignaron un número a cada habitante. Afortunadamente, años después los nativos se rebelaron y volvieron a adoptar sus nombres originales.

¿CÓMO SE DIVIERTEN?

os chicos se entretienen con juegos simples que ponen a prueba su destreza física. En uno de los juegos habituales, por ejemplo, dos chicos se sientan en el piso espalda contra espalda y, al contar hasta tres, los dos empujan; gana el que logra mover a su oponente. En otro, los chicos se acuestan en el piso boca arriba, mirando en direcciones opuestas, y se toman del brazo. Ambos levantan la pierna de adentro y enroscan una con otra, mientras que cada uno mantiene estirada la de afuera. A la cuenta de tres, los dos empujan con la pierna de adentro y tratan de dar vuelta a su oponente.

Entre las mujeres, es muy popular el canto de garganta. ¿En qué consiste? Dos mujeres, a veces cuatro, se paran una delante de la otra, se toman de los brazos y entonan una canción con sonidos profundos y guturales, que parecen provenir del mismísimo centro de la tierra. La mujer que logra sostener el sonido por más tiempo gana. Cada canción dura hasta tres minutos, y la que pierde –porque no logra sostener la nota– suele terminar a las carcajadas. ¿Se animan a probarlo?

¿CÓMO SE SALUDAN?

l *kunik* es el famoso beso esquimal. Este saludo afectuoso entre familiares no consiste en frotar narices, como suele pensarse, sino en que una persona acerque su nariz y labio superior a la mejilla o frente de la otra, y aspire, de manera que los pelos de la piel sean succionados hacia la nariz y boca del otro. Alguna vez se dijo que los esquimales se saludaban así porque las bocas se congelarían si intentaran besarse boca a boca, pero la verdadera razón es otra: en las temperaturas heladas del Ártico, la nariz es casi lo único que queda expuesto bajo la montaña de piel y ropa.

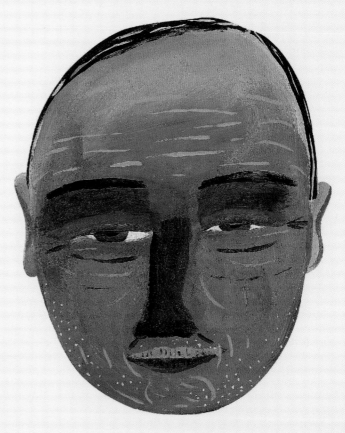

¿EN QUÉ CREEN?

El paisaje desolador y las duras condiciones de vida hacen que las historias que el pueblo esquimal se cuenta a sí mismo estén llenas de pruebas, aventuras y criaturas extraordinarias. La diosa más importante de su mitología es Sedna, la mujer que vive bajo el mar, a quien le suplican por una buena pesca y por aguas calmas para navegar. Además, muchos esquimales ven en la aurora boreal, aquellas luces de colores que aparecen en el cielo nocturno en el Ártico, mensajes de sus antepasados.

Los *inuksuk* son unos tótems de piedra que erigen los inuit desde tiempos ancestrales. Hay quienes dicen que su función era servir como guías para los navegantes o como indicadores de buena cacería. Pero lo cierto es que estas figuras, que a veces tienen forma humana, son la única estructura hecha por el hombre que sobresale en los paisajes desiertos que habitan estos pueblos; son singulares huellas de la presencia humana en esa tierra hostil.

¿QUÉ CANTAN POR LAS NOCHES PARA DARSE ÁNIMO?

Esta canción la entonan a modo de rezo cuando la caza escasea o el viento helado azota el rostro y pone a prueba las fuerzas del más recio. Se llama *Un canto para tiempos difíciles* y dice así:

Repaso otra vez mis pequeñas aventuras,
             mis miedos,
esos pequeños que parecían tan grandes,
todas las cosas importantes que tuve que
             esforzarme por conseguir.
Y, sin embargo, hay solo una cosa grande,
             la única cosa,
vivir para ver el gran día que amanece
             y la luz que llena el mundo.